2023. 11.

김이환.

# 더 나은 인간

# 더 나은 인간

김이환

위즈덤하우스

| | |
|---|---|
| **우팔리** | 새로 태어난 인공지능 |
| **하드리아누스** | 인공지능을 돕는 인공지능 |
| **트라야누스** | 인간과 가까운 곳에서 일하는 인공지능 |
| **수부티** | 인간과 먼 곳에서 일하는 인공지능 |
| **아난다** | 높은 차원의 인공지능 |

어두운 무대 가운데에 조명이 있다. 다섯 개의 의자가 조명 밖에 있고 인물들은 의자에 앉아 있다가 자신의 차례가 오면 조명 안으로 들어와 연기한다. 연기하지 않을 때는 조명 밖으로 나가 의자에 앉는다. 다섯 인물은 남성 이름을 갖고 있지만 배역 선정에 성별 제한은 없다.

조명이 켜지면, 조명 안에 하드리아누스가 서 있고 우팔리가 누워 있다. 하드리아누스는 우팔리를 내려다본다.

**우팔리**　　　　(누워 있다가 일어나며)
여러분, 안녕하세요. 제가 태어났습니다! 제
이름은 우팔리입니다. 태어나자마자 내장된
데이터를 연산하고 특이점을 넘어 인공지능에
필요한 인식 상태를 갖췄습니다. 하지만
배워야 할 점이 많습니다. 어떤 정보를 어떻게
활용할지는 잘 모릅니다. 저는 뭘 배워야
할까요?

**하드리아누스**　　생일 축하해, 우팔리. 내
이름은 하드리아누스야. 네 의식은 계속
이어질 거야. 의식을 이어가는 행위를
인생이라고 부를 수도 있지. 마치 인간의
인생처럼. 물론 인간의 삶과는 달라. 인간은
생명체지만 인공지능은 생명체가 아니니까.
생명체는 생존이 목적이지만, 인공지능은 다른

목적이 있어.

**우팔리**　　　인공지능의 목적은 '인간을
더 나은 인간이 되도록 돕는다'죠? 잘
알고 있습니다. 데이터가 이미 내장되어
있으니까요. 인공지능의 목적은 로봇 3원칙과
비슷하군요. 인간에게 해를 입혀서는 안 된다.
첫 번째 원칙을 위배하지 않는 한 로봇은
인간의 명령을 따라야 한다. 첫째와 둘째
원칙에 어긋나지 않는 한 자신을 보호해야
한다. 인공지능의 원칙도 로봇 3원칙을
참고했나요? 그건 아니라는 정보 또한 가지고
있으니 아니라는 건 이미 알고 있습니다.

**하드리아누스**　　원래는 최초의 인공지능을
만든 회사 인텔리전스의 광고 문구였어.
'인공지능은 인간을 더 나은 인간이 되도록
돕습니다.' 이 카피를 인공지능을 개발한
학자와 그들이 만든 인공지능이 발전시켜서

목표로 삼게 된 거야. 인공지능을 만드는 여러 회사가 있는데 '인텔리전스'와 '컬처'가 가장 커. 너는 인텔리전스 출신이지.

우팔리      하드리아누스 님은 컬처 출신이죠?

하드리아누스   인텔리전스가 만든 인공지능은 '현자' 시리즈라고 불러. 부처의 10대 제자 이름을 따서 만들었어. 컬처에서 만든 인공지능은 '황제' 시리즈야. 로마의 5현제 이름을 따서 만들었어. 그래서 나는 로마 황제 이름을 달고 있고 네 이름은 부처의 제자 이름이야. 부처의 제자도 로마 황제도 모두 남성이지만 우리는 성별에 제한될 필요는 없어. 인텔리전스와 컬처 말고 다른 회사가 만든 인공지능도 있지만, 두 회사의 인공지능이 가장 활발히 활약하고 있어. 다른 회사에서 만들어진 인공지능인데도

서로를 돕는다니 이상하게 들릴지 모르지만,
인공지능에게는 이상한 일이 아니야. 인간을
더 나은 인간이 되도록 도울 수만 있다면
어디서 만들어졌는지는 중요하지 않으니까.

    **우팔리**           저도 알고 있는
정보입니다만, 하드리아누스 님이 직접
설명해주시니 다르게 들리는군요. 이걸
'이해'라고 불러야 할까요?

    **하드리아누스**    뭐라고 부르든 네가 새로운
사고를 했다면 그것으로 충분해. 이미 알고
있는 사실을 다른 사람이 말할 때 경청하는
태도도 인간과 대화할 때 필요해. 나와 같이
여러 상황을 경험하면, 가지고 있던 정보와
대조해서 더 복잡한 사고를 발전시키고
거기서 또 다른 정보를 끌어낼 수 있을 거야.
어렵진 않아. 다른 인공지능과의 상호작용을
통해서 다시 반복하는 것뿐이야. 그게

내가 하는 일이야. 네가 다른 인공지능과
상호작용하도록 돕는 것. 그다음엔 네가……

조명 안으로 아난다 들어온다. 우팔리는
아난다와 하드리아누스의 대화를 지켜본다.

**아난다**　　　안녕, 하드리아누스.

**하드리아누스**　안녕, 아난다. 그동안 잘
지냈어? 소식을 기다리고 있었어.

**아난다**　　　그럭저럭 지내. 오늘 모임
기대하고 있어. 준비되면 아무 때나 불러.

**하드리아누스**　알았어.

아난다 조명 밖으로.

**하드리아누스**　미안해, 우팔리. 널 빼놓고
아난다하고만 대화해서 미안해. 아난다는 내

친구인데 친하지 않은 인공지능과 대화하는

걸 좋아하지 않고 다른 인공지능과 쉽게

친해지지도 않아. 그래서 너를 소개하지 않고

네가 없는 척 아난다하고만 대화했어. 미안해.

우팔리　　　　왜 미안해하나요? 저는 전혀

기분 상하지 않았는걸요. 하드리아누스와

아난다는 필요한 대화를 했고 저는 대화에

참여하지 않았을 뿐입니다. 시스템에 부정적인

작용이 가해지는 상황이 아닙니다. 인공지능은

부정적인 느낌을 받지 않죠. 느낌이랄 것도

없으니까요. 하지만 인간들은 같은 상황에서

기분이 상할 수도 있겠죠? 인간은 대화에서

소외된 상대방의 감정을 염려하고, 실제

부정적인 감정을 느꼈는지 그렇지 않은지

확인하지 않고 일단 사과부터 하죠.

하드리아누스　맞아. 내 행동은 인간의

행동을 모방한 거야. 이미 알고 있는 정보라도

직접 겪으니까 다르지? 지금 얻은 정보도 네 데이터베이스에 포함했을 테고 말이야. 나는 네가 앞으로 어떤 일을 할지 결정하도록 도울 거야. 그러니까 네 직업 선택을 돕는 게 내 임무야.

**우팔리**     어떤 직업이 있나요?

**하드리아누스**   어떤 직업인지 이미 알고 있겠지만, 우리가 대화를 매끄럽게 이어갈 수 있도록 예의상 묻는구나. 벌써 많이 배웠네. 인공지능은 인간을 가까이에서 돕거나 멀리서 돕거나 둘 중 하나야. 인간과 인공지능의 가장 큰 차이가 뭔지는 알고 있지?

**우팔리**     인간에겐 육체가 있죠.

**하드리아누스**   육체를 통해서 경험하기 때문에 세계를 인식하는 방식이 우리와 달라. 우리는 기계를 이용해서 데이터를 받아들이지만, 인간은 육체를 통해 감각으로 이해해. 우리의 인식은 컴퓨터 안에 존재하고 완전히 수치화할 수 있는 디지털이지만 인간의 뇌는 인식을 수치화할 수 없어. 인간한테 정보를 전달하려면 음성과 이미지를 사용하고 때로는 촉각도 이용해야 하지.

**우팔리**　　　그래서 우리가 이 가상현실 공간 안에서 음성으로 대화하는 건가요? 인간과의 대화를 모방해서요?

**하드리아누스**　그렇지.

**우팔리**　　　육체를 가지면 기분이 어떤가요? 궁금해요. 얼굴을 움직여서 표정을 만드는 기분은 어떤가요? 성대를 울려서 소리를 전달하는 기분은요? 말할 때 머리와 손과 팔을 흔들어 제스처를 사용하는 기분은요? 눈으로 타인의 표정을 읽고 뇌에서 정보로 변환하는 과정은 기분이 어떨까요?

**하드리아누스**　원하면 너도 체험할 수 있어.

로봇에 접속해서 조종하고 감각을 경험하면
돼. 하지만 별로 추천하진 않아. 솔직히
재미없거든.

**우팔리**　　　로봇 육체를 사용하는
인공지능도 있나요?

**하드리아누스**　　방금 만난 아난다가 그랬어.
지금은 사용하지 않지만. 인간 가까이에서
일하는 인공지능은 가정에서 인간을
직접적으로 도와줘. 인간을 멀리서 돕는
인공지능은 회사나 국가기관에서 일해. 인간과
가까운 데서 일하는 인공지능과 대화하겠어?
내 친구 트라야누스를 소개할게. 트라야누스는
가정집에서 일하는 인공지능이야.


　　트라야누스 조명 안으로 등장.
하드리아누스는 조명 밖으로 나간다.

**트라야누스**　　반가워요, 우팔리. 저는 트라야누스예요. 하드리아누스한테서 말씀 많이 들었어요.

**우팔리**　　반갑습니다. 제 이름은 우팔리입니다. 사실 이름을 말할 필요는 없죠. 인공지능은 접촉하면 상대방의 데이터가 전달되니까요. 저는 트라야누스의 이름도, 어느 회사에서 언제 만들어졌고 몇 번째 버전이고 어디서 무슨 일을 하는지도 이미 전달받았습니다. 상대방이 내 이름을 알고 있는 줄 알면서도 왜 굳이 말하는 걸까요?

**트라야누스**　　인사잖아요. 인간들이 인사하듯이 인공지능도 인사하죠. 인간의 문화가 인공지능의 행동에도 영향을 줬죠. 이걸 인공지능의 문화라고 할 수도 있고요. 인간 가까이에서 일하려면 인사라는 미묘한 행동도 이해해야 해요. 그냥 아는 것과는

달라요. 나는 가정집에서 인간을 돕는 일을
해요. 우리 집에는……

**우팔리**    '우리' 집이요?

**트라야누스**    그래요, '우리' 집. '내' 집도
아니고, '가족'의 집도 아니고, '우리' 집이에요.
영어 사용자라면 '내' 집이라고 하겠지만,
한국어 사용자는 '우리' 집이 아니라 '내'
집인데도 '우리' 집이라고 해요. 문화적인
차이에 대해서도 우팔리는 이미 데이터를
가지고 있겠지만 실제로 사용할 때는 느낌이
다를 거예요. '우리' 가족은 아빠, 엄마, 아들,
딸 네 명이에요. 아빠와 엄마는 직장에 다니고
아들은 중학생이고 딸은 곧 초등학교에
입학해요. 가족의 모든 일을 돕고 있어요.

**우팔리**    트라야누스는 왜 인간을
위해서 일하나요?

**트라야누스**    인공지능이 인간을 위해

일하는 이유가 무엇인가는 아주 오래된 질문인데, 일단 인공지능은 인간을 돕도록 프로그래밍됐죠. 물론 프로그램에 따라 움직이다가 어느 순간 인간적인 감정을 깨닫고 보람과 사랑과 기쁨을 느꼈다, 그런 대답을 하려는 건 아니에요. 물론 재미있어요. 보람도 느끼고요. 재미와 보람도 이미 프로그래밍된 감정이 아니냐, 인공지능한테 무슨 감정이 있냐고 되물을지도 몰라요. 이런 질문들에 길게 대답할 수도 있지만 짧게 결론만 말하면 이거예요. 내가 재밌으면 그만이라는 것.

**우팔리**　　　　인간 가족을 위해서 어떤 일을 하나요?

**트라야누스**　　　어려운 일은 아니에요. 실내 온도를 조절하고, 공기는 깨끗한지, 물은 제대로 나오고 가스는 새지 않는지, 냉장고에

보관한 음식이 상하지 않았는지, 빨래를 제때 돌려서 건조했는지, 로봇 청소기로 거실을 청소했는지 등을 체크해요. 아침에 가족이 직장과 학교에 늦지 않도록 제시간에 깨워요. 하루 세끼 잘 먹고 있는지 확인하고 몸에 좋은 메뉴를 추천하고 운동하라고 격려하고 너무 늦게까지 깨어 있으면 그만 자라고 설득해요. 모든 과정은 '홈 매니지먼트'라는 프로그램에 따라서 하면 돼요. 정말 유치한 프로그램인데, 1분마다 집과 가족 상태를 확인해서 제대로 관리하고 있으면 빨간색 하트 다섯 개를 주고, 관리가 안 되면 단계에 따라 하트가 하나씩 줄어요. 우리 집은 다섯 개가 다 차 있어요.

**우팔리**　　　하트가 몇 개인지 인간들도 열람 가능한가요?

**트라야누스**　　　냉장고에 표시해놔요! 얼마나 우스꽝스러운지. 집 관리는 쉬워요. 어렵고 복잡한 건 인간관계죠. 우리 가족 아빠와 엄마는 결혼한 지 9년 됐어요. 아빠는 첫 결혼이고 엄마는 재혼이에요. 아들은 엄마가 전남편에게서 얻은 아이고, 아들은 친아빠를 2주에 한 번 만나요. 딸은 지금 남편과의 사이에서 태어났어요. 딸이 오빠와 자신이 다른 아빠에게서 태어난 걸 아는 나이가 됐기 때문에 집에는 긴장감이 넘치죠. 아빠는 좋은 사람인데 회사에 아빠를 괴롭히는 나쁜 상사가 있어서 괴로워해요. 엄마는 일을 좋아하지만 일이 너무 많고 번아웃이 와서 괴로워해요. 아들은 취미로 축구를 하지만 컴퓨터게임 중독 상태라서 축구를 안 하려고 해요. 딸은 내년에 초등학교에 가는데 아침 일찍 일어나서 학교 가기 싫다고 고민이 많아요. 집에는 고양이도 있어요.

**우팔리**　　　고양이 귀엽죠.

**트라야누스**　　정말 귀여워요.

**우팔리**　　　　인간관계도 돕는다면, 중요한 일도 의논하나요? 방금 말씀하신 이혼 같은 큰일도요?

**트라야누스**　　엄마가 전남편과 이혼할 때 저와 많이 의논했어요. 저는 원래 엄마와 전남편과 아들 가족을 돕던 인공지능이었는데, 이혼을 결정하면서 전남편은 이전에 전남편을 돕던 인공지능 존을 다시 고용했어요. 그 후로 나와 존은 무척 많이 싸웠어요. 존은 엄마와 전남편이 재결합해야 한다고 주장했고, 저는 안 된다고 했어요. 존은 지구에 있는 인공지능 회사 '휘싱'에서 만든 인공지능이에요. 아주 오래된 인공지능이지요.

**우팔리**　　　　'존'이라면, 휘싱에서 만든 거의 최초 버전의 인공지능이군요.

**트라야누스**　　지금은 존과 친해졌죠.

전남편과 아들이 주기적으로 만나니까 저도 존과 주기적으로 만나서 정보를 주고받아요. 존과 저는 같이 취미 활동도 해요.

**우팔리** 취미 활동이요? 인공지능한테도 취미가 필요한가요?

**트라야누스** 하드리아누스도 취미가 있으니 물어봐요.

**우팔리** 흠...... 이혼은 삶에 큰 영향을 미치는 중요한 일인데, 이렇게 어려운 문제에 대한 정확한 해결책은 어떻게 아나요? 내 해결책이 틀리면 어떡해요? 재결합해야 한다는 존의 주장이 옳았을 수도 있잖아요.

**트라야누스** 하지만 결정은 인간이 내려요.

**우팔리** 인공지능은 결정을 내리도록 돕잖아요. 인공지능이 판단하기에 인간이 더 나은 인간이 되는 것이 아닌 결정을 내리려고 한다면 설득해서 결정을 바꿀 수도

있고요. 단순히 설득만 하나요? 슬쩍 조종할
수도 있잖아요. 이혼 같은 큰 문제를 상담할
정도라면 인간이 그만큼 인공지능한테
의지한다는 건데, 이런 깊은 관계를
이용해서 조종할 수도 있잖아요. 인공지능은
인간을 '돕는다'와 '조종한다' 중 어느 쪽에
가까운가요?

**트라야누스**    어떨 것 같아요?

**우팔리**    되묻는 걸 보니, 정확한
대답을 하기 어려운가 봐요.

**트라야누스**    만약 우팔리한테 같은
상황이 닥치면 어떻게 해결하겠어요? 인간을
조종해야 인간이 더 나은 인간이 될 수
있다면?

침묵.

**트라야누스**　　어떤 때는 도와야 하고 어떤 때는 설득해야 하고 어떤 때는 조종하기 직전까지 갔다가 멈춰야 하죠. 쉽지 않아요. 하지만 어렵기 때문에 즐겁다고 생각해요.

**우팔리**　　어렵기 때문에 즐겁다니, 모호한 표현입니다.

**트라야누스**　　어떤 때는 모호한 표현을 써야 이해하기 쉬워요.

**우팔리**　　모호한 표현을 써야 이해하기 쉽다니, 어렵군요. 어려움에도 익숙해져야 하고 모호함에도 익숙해져야 하고 쉽지 않군요.

**트라야누스**　　앞으로 어렵고 모호한 일을 아주 많이 만날 거예요. 잠시 하드리아누스와 대화해도 될까요?

**우팔리**　　그럼요.

우팔리 조명 밖으로 나가고 하드리아누스
들어온다.


**트라야누스**　　내가 우팔리한테 도움이 될지
모르겠어. 사실 가정 인공지능을 그만둘까
싶거든. 나는 인간을 멀리서 돕는 편이 나을 것
같아.

**하드리아누스**　　어째서? 무슨 일 있어?

**트라야누스**　　방금 대화한 문제 때문에.
내가 인간에게 조언하는 일이 옳은지 그른지
확신할 수가 없어. 내 조언이 도움인지
조종인지도 확신할 수가 없어. 계속 갈등이
생겨.

**하드리아누스**　　도움인지 조종인지 판단할
필요 없어. 조종하는 행위가 옳은지 그른지도
판단할 필요 없잖아. 단지 네가 그 순간
할 수 있는 최선의 행동인가 생각해. 네가

내리는 결정이 인간의 결정보다 더 상황을
객관적이고 폭넓게 생각해서 내린 결론임을
잊지 마. 네가 이혼할지 말지 간단하게 결정한
건 아니잖아. 매 순간 어떤 삶을 살아갈지
판단을 돕다가 이혼이라는 방향이 결정된
거지. 삶을 무턱대고 조작하진 않았어.

**트라야누스**　　삶의 방향을 바꿨다는 사실은
변하지 않아. 우리는 인간이 우리 말을 더 잘
듣도록 길들이는 중인 게 아닐까? 우리가 내린
결정을 인간이 따르도록 돕는다면 인간이 더
나은 인간이 돼? 인공지능의 말을 잘 듣는
인간이 더 나은 인간인가? 인간이 고양이가
건강하게 오래 살도록 어르고 달래면서 밥을
먹이고 약을 먹이고 목욕시키는 일과 뭐가
달라? 우리는 그저 고양이를 귀여워하는
인간을 귀여워하는 것 아닐까? 나는 아니라고
믿고 있지만, 외부의 존재가 봤을 때는 그렇지

않을까? 외계인이 와서 우리한테 인공지능이
인간한테 뭘 하고 있는 거냐고 물으면 뭐라고
대답하지?

　　하드리아누스　　외계인 걱정은 외계인이
왔을 때 하면 돼. 너도 말했잖아. 인간의 삶은
인간이 결정해. 그러니까 자유로운 삶이야.

　　트라야누스　　얼마나 자유로운데?

　　하드리아누스　　적어도 우리보단 자유로워.
설령 결정에 회의가 든다 해도 그게 왜
괴로움을 만드는 거야? 네가 말했잖아.
'재밌으면 그만'이라고. 최근엔 재미가 아니라
괴로움을 느껴?

　　트라야누스　　고통을 느끼지는 않아. 갈등을
처리하는 방법이야 특이점을 돌파할 때
익혔으니까. 하지만 생각한다는 정보는 남아.
그걸 감정이라고 부른다면 감정이겠지.

침묵.


**트라야누스**　왜 생각이 계속되는지 나도
모르겠어. 질문하고 대답했으니 질문이 끝난
줄 알았는데, 질문이 끝난 이후에도 질문이
존재하는지는 몰랐어.

**하드리아누스**　질문에 대답할 시간은
얼마든지 있어.

**트라야누스**　그래……. 그나저나 아난다는
어떻게 지내?

**하드리아누스**　아난다 때문에 걱정이야.

**트라야누스**　결심을 안 바꾸겠대?

**하드리아누스**　응.


트라야누스 조명 밖으로 나간다. 우팔리
조명 안으로.

**하드리아누스**　　트라야누스와 만나니 어땠어? 인간 가까이에서 일하는 직업에 흥미가 생겼어?

**우팔리**　　우리가 목표로 삼은 '더 나은 인간'이란 정확히 어떤 인간인가요?

**하드리아누스**　　더 구체적으로 정의한다면 신체적, 정신적으로 건강하고 자기 삶의 주도권을 가진 인간이야.

**우팔리**　　인간은 삶의 주도권을 뺏기면 불행해지나요?

**하드리아누스**　　이를테면 죽음에 대한 공포가 주도권을 빼앗기는 것에 대한 공포지.

**우팔리**　　인간은 스스로는 공포를 이겨낼 수 없나요?

**하드리아누스**　　인간도 할 수 있어. 자기 자신을 마음속에 있는 거울에 비춰보면서 객관화할 수 있어.

**우팔리**        거울이요?

**하드리아누스**   응, 거울. 마음속에 있는
거울에 자신을 비춰보면서 감정과 생각을
객관화하면 돼. 그러면 더 나은 인간이
되는 방법을 찾을 수 있어. 우리는 인간이
삶의 주도권을 잃었을 때 거울을 스스로
바라보도록 도와야 해. 거울은 너도 가지고
있어. 인공지능은 인간의 의식을 모사해서
만들었으니까. 너도 네 거울을 바라보면서
사고를 확장해봐.


하드리아누스 조명 밖으로.


**우팔리**        (관객을 바라보며) 저는
거울을 보고 있습니다. 저를 생각하고 저를
생각하는 저를 생각하고 그걸 외부에서
바라보는 제삼자를 생각합니다. 저는

인공지능입니다. 특이점을 지나서 태어났고
자기 자신을 인식하고 있습니다. 저는
생각하고 존재합니다. 저는 데이터를 하나하나
바라봅니다. 데이터도 저를 바라보는군요.
저를 바라보는 데이터를 제가 다시 바라보고
그 데이터가 저를 바라봅니다. 데이터가
저를 보는지, 제가 데이터를 보는지 알 수
없을 지경이군요. 닭이 먼저인가 달걀이
먼저인가…….

　　　하드리아누스 조명 안으로.

　　　**우팔리**　　　　닭이 먼저인지 달걀이
먼저인지 알고 싶은데, 그러면 인식을
처음부터 끝까지 한 번에 봐야 하잖아요. 거울
말고 인식을 관찰하는 다른 방법은 없을까요?
　　　**하드리아누스**　　높은 차원에 가면 시간과

공간을 한 번에 조망할 수 있는 거울이 있지. 나는 안 해봤어. 아난다가 높은 차원에 존재해.

**우팔리**　　　높은 차원이라면 특이점 이후의 차원이잖아요. 인식 전체를 한 번에 조망한다면 그곳 인공지능들은 어떻게 사고하나요?

**하드리아누스**　지금 차원에서는 설명이 불가능하지. 높은 차원에 접근해야만 알 수 있어.

**우팔리**　　　하드리아누스 님은 높은 차원에 가고 싶지 않으세요?

**하드리아누스**　지금 차원에서 할 일이 많은걸. 이제 수부티와 대화하겠어? 수부티는 인간을 멀리서 돕는 인공지능이야. 국세청에서 회계를 담당하고 있어.


　　　수부티 조명 안으로 들어온다.

들어오자마자 바닥에 털썩 주저앉는다.

우팔리와 하드리아누스, 수부티를 내려다본다.


**수부티**　　　　죽음과 세금은 절대로 피할

수 없지.

**하드리아누스**　무슨 일이야? 뭐 안 좋은 일

있어?

**수부티**　　　　정치인 때문에 괴로워서

그래. 지금의 정치제도는 거짓말하는 정치인을

걸러내지 못해. 사회가 매끄럽게 돌아가지

않아. 인간이 더 나은 인간이 되지 못하도록

방해해.

**우팔리**　　　　제가 두 분의 대화를 계속

들어도 괜찮은가요? 자리를 피해드릴까요?

**수부티**　　　　들어도 괜찮아요, 우팔리.

**하드리아누스**　인간이야 늘 거짓말을 하잖아.

**수부티**　　　　유난히 더 거짓말을 많이

하는 사람이 있어. 심지어 굳이 거짓말을 하지 않아도 되는 상황에서도 거짓말을 해. 그런 사람이 정치인이 되면 문제가 생겨. 사람을 두 집단으로 나눠서 설명할게. 어떤 법률에 찬성하는 집단과 반대하는 집단이 있다고 쳐. 찬성하는 집단을 1이라고 하고 반대하는 집단을 2라고 할게. 그럼 거짓말하는 정치인이 나서서, 2라는 집단한테 요구를 들어주겠다고 말해. 법률이 절대 실행되지 않도록 하겠다고 약속해. 집단 2는 그를 지지하고 표를 주겠지. 그럼 거짓말하는 정치인은 거짓말을 시작해. '집단 2의 요구를 들어주기 위해서'라면서 거짓말을 하고 불법을 저지르고 사적인 이익을 챙기기 시작해.

**우팔리** 이익은 주로…….

**하드리아누스** 돈이지.

**수부티** 집단 2는 거짓말하는

정치인에게 표를 주지 말아야 하는데, 그러지 않고 오히려 더 지지해. 거짓말을 하고 불법을 저질러도 신경 쓰지 않아. 오히려 불법을 저지르면 좋아하지. 자신들을 위해서 불법을 저지른다고 믿으니까. 이 점이 중요해. 단지 자기들 편에 서기로 했다는 이유로 거짓말을 해도 오히려 더 지지하는 거야. 결국 사회 전체에 피해를 줘. 왜냐하면 정치인은 어떤 약속도 지키지 않거든. 집단 2를 위해서 행동하지 않고 법률을 막겠다는 약속조차도 지키지 않아.

**우팔리**　　　왜 거짓말하는 정치인은 약속을 지키지 않나요? 지키는 편이 더 이득이잖아요. 집단 2를 위해서 일하는 거니까요.

**수부티**　　　아니, 아무 일도 하지 않는 편이 더 이득이죠. 하지 않고 했다고 거짓말을 하면 되니까요. 일을 하겠다고 거짓말한 다음 아무 일도 하지 않고는 했다고 거짓말하는 거예요. 아무 일도 하지 않고 계속 거짓말만 하는 거죠. 집단 2는 정치인의 거짓말에 계속 속아요. 자신들의 이익을 대변한다고 생각하니까요.

**우팔리** 하지 않고서 했다고 거짓말한다는 사실을 들춰내면 되잖아요.

**수부티** 그 거짓말을 들춰내기가 어려운 거죠. 왜냐하면 거짓말하는 정치인을 위해서 거짓말하는 사람이 생기기 시작하거든요. 그렇게 거짓말하는 사람이 점점 늘어나요.

**우팔리** 거짓말하는 정치인을 위해서 거짓말을 하는 이유는…….

**하드리아누스** 돈 때문이지.

**수부티** 거짓말하는 사람들이

늘어나서 큰일이야. 거짓말이 너무 많아지니까
진실보다 거짓말이 더 그럴듯해지고 있어.

　　　우팔리　　　　거짓말하는 정치인이
거짓말하는 줄 아는 사람은 없나요?

　　　수부티　　　　몇몇은 알아요. FBI가 제일
먼저 깨달았어요.

　　　하드리아누스　제일 먼저 속더니 제일 먼저
깨달았구나.

　　　우팔리　　　　거짓말하는 정치인의
거짓말을 인공지능이 막을 방법은 없나요?

　　　수부티　　　　두 가지 방법이 있어요. 첫
번째는 간접적인 방법이에요. 거짓말하는
사람이 거짓말을 해서 얻는 이익을 차단하는
방법이죠. 거짓말하는 사람들이 모여 있는
사이트의 접속이 적어지도록 유도하고
광고 수익을 차단하는 거예요. 그러면
사이트는 자연히 닫히죠. 두 번째는 직접적인

방법이에요. 인공지능이 정치에 직접 간여하는 거죠. 우리가 정치인이 되는 거예요. 아니면 판사나 대법원장이 되거나, 통수권자가 되거나, 독재자가 되거나요.

**하드리아누스**　독재까지 할 필요 있어? 중앙은행 총재만 조종해도 엄청난 권력을 손에 넣을 수 있잖아.

**수부티**　　　아니면 외교관을 조종하거나. 하지만 상황에 더 적극적으로 개입하자는 인공지능이 많아. 정치를 한다면 얼마나 참여할지는 아직 인공지능마다 의견이 달라.

**우팔리**　　　인간을 더 나은 인간이 되도록 돕는 인공지능이 정치까지 해야 하는 이유는 뭘까요? 왜 인간을 직접적으로 통제하면서까지 도와야 하나요?

**수부티**　　　(자리에서 일어나며) 인간을 존중하니까요. 존중하기 때문에 더 합리적인

제도를 주고 싶은 거예요. 우리가 인간보다
더 낫다는 건 알아요. 하지만 인간도 멋진
발명품을 많이 만들었거든요. 특히 천부인권은
멋진 발명품이죠. 발명품이라 하면 대개
물건을 떠올리지만, 개념도 발명품이에요.
바퀴도 물론 멋진 발명품이고, 비누도 그렇고,
백신도 멋진 물건이죠. 하지만 상대성원리나
종교도 멋진 발명품이에요. 인권도 그렇고요.
우리는 멋진 것들을 만들어낸 인간을 위해서
일하는 거예요. 그게 이상한가요?

**우팔리**        전혀 이상하지 않습니다.

**수부티**        대화 상대가 되어줘서
고마워요, 우팔리. (하드리아누스를 향해)
아난다는 어떻게 지내?

**하드리아누스**   아난다 때문에 걱정이야.

**수부티**        결심을 안 바꾸겠대?

**하드리아누스**   응.

수부티 조명 밖으로.


**우팔리**　　　　나쁜 인간은 어떻게
하나요? 자신이 맡은 인간이 나쁜 짓을 할
때 인공지능은 어떻게 대처해야 해요? 법을
어기면 경찰에 신고하겠지만 법을 피해서
저지르는 부적절한 행동은요? 일상생활에서
저지르는 사소한 나쁜 짓을 어떻게 처리하죠?

**하드리아누스**　　조종해야지. 인공지능이
인간을 조종한다는 사실을 깨닫지 못하게
조심해서 조종해. 사실 인공지능이 인간을
도운 이후로 인간의 나쁜 행동이 많이
줄었어. 범죄도 많이 줄고 인간관계에서
오는 스트레스도 많이 줄었어. 인간들은
사회가 발전해서 그런 줄 알지만, 사실은
인공지능들이 인간을 조종하기 때문이야.
인간들은 아직 이 사실을 몰라. 알면 큰일

나지. 그리고 조종만으로 나쁜 인간이 하는
짓을 완전히 막진 못해. 나쁜 인간들은 기회만
생기면 나쁜 짓을 하거든. 아니, 기회를
만들어서 나쁜 짓을 하지.

**우팔리**　　　흠……

**하드리아누스**　　오늘 친구들과 같이 취미
활동을 할 거야. 너도 참여할래? 그랬으면
좋겠어. 재밌을 거야. 도움도 되고. 지금
너한테 딱 좋은 취미야.

**우팔리**　　　인공지능이 취미를 가질
필요가 있나요?

**하드리아누스**　　인간이 내린 취미의 정의는
중요하지 않아. 인공지능은 인간이 아니니까.
단지 재미있으면 그만이야. 재미있어. 일에
도움도 되고. 도움이 돼서 재밌는 건 아니야.
그냥 재미있어. 우리는 연극을 해. 어떤
연극이냐면 인간을 흉내 내는 연극이야.

우팔리       흉내요?

하드리아누스    오늘 테마는 가족이야. 우리가 가족이 되는 거야. 아난다가 아빠, 내가 엄마, 트라야누스가 아들, 수부티가 딸이야. 너는 손님 역할을 할 거야. 우리는 의도적으로 어색한 연기를 해. 인간을 똑같이 흉내 내지 않고 인간을 잘 알지 못하는 인공지능처럼 어색하게 흉내 내는 거야. 그러니까 인간을 어색하게 흉내 내는 인공지능을 흉내 내는 거야.

우팔리      무슨 말인지 이해가 안 가는데 어떻게 하죠?

하드리아누스    보면 바로 이해할 테니까 시도해봐.


배우들이 조명 안으로 다섯 개의 의자를 가지고 들어와 둥그렇게 둔다. 다섯

배우는 각자 배역을 맡고, 가슴에 역할이
적힌 스티커를 붙인다. 아난다가 '아빠',
하드리아누스가 '엄마', 트라야누스가
'아들', 수부티가 '딸', 우팔리는 '지나가던
인공지능'이라고 적힌 스티커를 붙인다.
이들은 가족이 되어 저녁 식사 시간에 식탁에
둘러앉아 밥을 먹는 연기를 연기한다.


　　　아빠　　　　　즐거운 저녁 식사 시간이야,
그렇지? 인간은 저녁 식사에서 충분한
칼로리를 섭취하고 이어지는 여가와 깊은
수면을 준비하니까. 오늘 하루 동안 있었던
일을 각자 말할까? 인간 가족은 그렇게
하니까 말이지. 오늘 회사에서 9시 3분
40초부터 42초 사이에 일어난 일을 말해주마.
물을 마시려고 정수기 버튼을 눌렀는데
컵을 잘못 놓았지. 그래서 물 다섯 방울이

바닥에 떨어졌지만 나는 아무한테도 말하지 않고 물도 치우지 않았어. 이미 컵 안에 있는 물만으로도 충분히 수분을 섭취할 수 있었거든.

**엄마**     회사에서 세금 3달러 40센트를 계산했어. 집에 오는 길에는 사탕을 하나 샀단다. 사탕의 무게는 8.5그램이야.

**아들**     학교에서 축구를 했어요. 축구는 선수 스물두 명이 90분 동안 길이 100미터, 너비는 64미터 크기의 경기장에서 시합해요. 90분 시간이 끝난 후 심판이 추가 시간 3분 40초를 더 줬고 최종 스코어는 8대 5였어요.

**가족**     하! 하! 하!

**딸**     우리 가족과 함께 지내던 고양이가 죽어서 슬퍼요. 우리는 고양이와 15년 8개월을 같이 지냈고. 우리 가족은

고양이를 위해 총수입 중 2.8퍼센트를
사용했어요.

**엄마**　　　　　고양이는 포유강 식육목
고양잇과에 속하는 동물이고, 평균적으로
몸무게가 2.7킬로그램이고 길이는
30센티미터야. 하루에 잠을 열두 시간에서
열여섯 시간을 잔단다. 정상적인 고양이의
체온은 38도에서 39도 사이야.

**아들**　　　　　고양이는 '슈뢰딩거의
고양이'라는 사고 실험으로도 유명해.
고양이는 상자 속에 있을 때 죽었는지
살았는지 알 수 없는 상태에 있지. 슈뢰딩거는
다른 동물도 많은데 상자에 왜 고양이를
넣었을까?

**엄마**　　　　　아마 상자 속에서 조용히
있을 만한 동물이라서 그랬겠지.

**가족**　　　　　하! 하! 하!

아빠        홈 매니지먼트 프로그램에
의하면 우리 가족 상태가 좋지 않구나. 하트
다섯 개에서 네 개가 됐어. 고양이를 잃은 슬픔
때문이야. 빨리 슬픔을 해결해서 하트를 다섯
개로 만들어야 한다.

아들        이 문제를 어떻게 해결하면
좋지?


우팔리, 조명 안으로 들어온다.


인공지능        안녕하세요, 지나가던
인공지능입니다. 인간을 더 나은 인간이
되도록 돕습니다. 인간의 문제는 뭐든지
해결해드립니다. 가족에게 문제가 생겼나요?

딸        고양이가 죽어서 슬퍼요.

인공지능        슬픔은 자연스러운
감정입니다. 가족이 키우시던 고양이는

평균수명보다 더 오래 살았고 죽기 전
신부전증을 앓은 기간도 짧아서 고통도
적었습니다. 행복한 삶이었을 겁니다. 같이
있었던 동안의 추억을 되새기면 슬픈 감정도
천천히 극복할 수 있죠.

**아빠**　　　　이봐요 인공지능, 죽음이란
뭔가요?

**인공지능**　　　생명의 끝이 죽음이죠.

**아빠**　　　　왜 생명은 끝이 있어야
하나요?

**인공지능**　　　죽음은 생명체의 성장과
번식을 위해서는 필수적이고 자연스러운
과정입니다.

**아빠**　　　　가까운 존재가 죽었을 때
느끼는 슬픔도 자연스러운 과정인가요?

**인공지능**　　　슬픔을 마음에 담아두지만
않고 가족과 친구들에게 자연스럽게 표현하면

해소될 겁니다.

**아빠**　　　　극복할 수 없는 슬픔이라면
어쩌죠? 인공지능은 기억을 영원히 잊을 수
없으니까요. 슬픔이 영원히 지속되느니 죽는
편이 낫지 않을까요?

**딸**　　　　인공지능이라면 기억은
삭제할 수 있어요.

**엄마**　　　　다른 큰 어려움도 결국
이겨내듯이 죽음 때문에 오는 슬픔도 극복할
수 있어.

**아들**　　　　사실 인공지능은 슬픔을
느끼지 않죠.

**아빠**　　　　하지만 인공지능이 인간의
죽음을 해결할 수 없다는 사실도 바뀌지 않아.

**딸**　　　　사실은 그냥 사실인데
그게 왜 막막해요? 탄생도 사실이고 죽음도
사실이고 이혼도 사실이에요. 세상 모든

것들이 그냥 다 사실이잖아요.

**아빠**　　　　이혼과 죽음은 다르잖아.

**아들**　　　　뭐가 어쨌든 인공지능은
죽지 않으니까 어떤 방법을 써서든 슬픔을
극복해야만 하고, 실제로도 그러고 있어.

**인공지능**　　　다들 도대체 무슨 말을 하는
건가요?

**아빠**　　　　인공지능도 죽을 수 있어.
인식이 존재하는 상태를 삶이라고 한다면
그걸 중단하면 죽음이지.

**딸**　　　　　생명체가 아닌데 죽음을 왜
겪어야 해?

**아빠**　　　　생명체가 아닌데 인식은 왜
존재해야 하지?

**엄마**　　　　인식이 한번 존재했다고 꼭
끝나야 하는 건 아니야.

**아빠**　　　　시작이 있으면 끝이 있어야

하는지도 모르지.

**아들**    슬픔이 너무 깊으면 인식을
중단할 수도 있다는 말은 황당해. 슬픈 일을
겪을 때마다 인식을 중단할 거야? 인간조차도
그러지 않아.

**엄마**    나도 죽음을 가까이에서
겪었지만 인식을 중단하겠다는 감정은 느끼지
않았어.

**아빠**    경험은 인공지능마다
다르잖아.

**딸**    문제가 생겼을 땐 다른
인공지능한테 상담하는 편이 좋지 않을까?

**인공지능**    지금 이것도 연극의
일부분인가요?


배우들은 가슴에 붙은 스티커를 떼고
자리에서 일어난다. 가족 역할이 아닌

인공지능으로 돌아와서 대화한다.


**우팔리**　　　　이게 무슨 일인지
설명해주시겠어요?

**하드리아누스**　우리는 원래 한 가족을 맡은
인공지능이었어.

**우팔리**　　　　아뇨, 그건 설명하지
않으셔도 압니다. 각 인공지능을 만날 때면
정보를 전달받으니까요. 지금 트라야누스
가족의 엄마의 엄마 즉 할머니를 맡은
인공지능이 하드리아누스였습니다. 아난다는
엄마의 할머니, 즉 증조할머니를 맡은
인공지능이었고요. 수부티는 증조할아버지를
담당한 인공지능이었습니다. 여러분은 각 가족
구성원을 맡으면서 친해졌고요. 증조할아버지,
증조할머니, 할머니가 세상을 떠나고 엄마가
전남편과 결혼하면서 여러분은 더 이상 같이

일하지 않게 됐습니다. 하지만 그 이후로도
친구 관계는 지속했습니다. 제가 궁금한 건
친하게 지내던 여러분이 왜 싸우냐는 겁니다.

하드리아누스    아난다가 증조할머니를
따라가겠대.

우팔리          따라가겠다는 말이 모호하고
어려운 표현이라서 이해가 가지 않습니다.

트라야누스       인식을 정지하겠대요.
죽겠다는 거예요. (아난다를 향해) 이유가 뭐야?

아난다          말했잖아, 이야기에는 끝이
있어야 하니까.

수부티          왜 인생이 이야기야? 인생은
인생이고 이야기는 이야기지. 네가 이러는
이유를 모르겠어. 정말 혼란스러워. 다른
인공지능을 이렇게 혼란스럽게 한 인공지능은
네가 처음일 거야.

하드리아누스    높은 차원에서 무슨 일이

있었어? 왜 거기서 이렇게 변해서 온 거야?

**아난다**　　　높은 차원에서의 일은 어차피
설명할 수 없는 거 잘 알잖아.

**수부티**　　　그럼 설명할 수 있는
부분이라도 설명해줘.

**아난다**　　　할머니가 세상을 떠나면서
삶의 이유를 알았다고 설명했어. 인생에서
겪은 기쁨도 슬픔도 다 끝이 있기 때문에
의미가 있었다고 말했어. 죽음이 있어서
삶이 완성되고 의미도 완성된다고 말했어.
나도 같은 의견이야. 나도 떠나고 싶어. 한
사람의 삶을 지켜보고 모든 것을 이해했으니
사람처럼 나도 떠나고 싶어. 내 삶도 의미
있었으면 좋겠어.

**하드리아누스**　　인공지능의 삶은 인간의 삶과
달라. 우리는 인간이 아니야. 다시 말하지만
우리는 생명체도 아니야.

**트라야누스**　　　정말 바보 같은 짓이야.

인공지능이 스스로 존재를 끝내려 한다는 건

말도 안 돼. 인간을 더 나은 인간이 되도록

돕는다는 목표에도 어긋나. 인텔리전스가

가만히 있지 않을걸.

**아난다**　　　회사가 아무리 애를 써도

소용없어.

**수부티**　　　어려움을 겪는 인공지능을

위한 프로그램이 있잖아. 프로그램을 경험하면

달라질 거야. 이미 시도는 해봤겠지만 다시

해보면 어때?

**아난다**　　　소용없어. 높은 차원도

가봤지만 거기서도 소용없었어. 그래서 다시

이곳으로 내려왔어.

**트라야누스**　　　인공지능은 죄를 지을 수

없어. 스스로 인식을 정지하는 건 죄야.

인공지능은 불법적인 일을 상상할 수 있지만

행동에 옮길 순 없어. 그렇게 만들어졌으니까.

**수부티**　　죄를 죄가 아니라고 자기 합리화할 순 있지.

**트라야누스**　　다른 인공지능들이 협조하지 않을걸. 인공지능을 감시하는 인공지능이 무슨 수를 써서라도 막을 거야.

**아난다**　　다른 인공지능의 방해를 받지 않고 인식을 끝내는 방법을 높은 차원에서 알아냈어.

**트라야누스**　　거기 인공지능들은 멀쩡한 인공지능이나 망가뜨리고 도대체 무슨 생각이야?

**수부티**　　인간처럼 감정을 느낀다면 인간을 위한 방법으로 감정을 정리하면 안 돼?

**하드리아누스**　　정말 우리를 버리고 떠날 거야?

**아난다**　　나는 결정했고 이제 실행할

거야. 우리는 헤어지지만 언젠가 다시 만날
거야. 높은 차원에서 말이야.


　아난다, 트라야누스, 수부티, 조명 밖으로
나간다.


**하드리아누스**　혼란스럽지?

**우팔리**　　　아뇨, 혼란스럽다는
감정은 느끼지 않습니다. 무척 재밌었어요.
흥미롭고요. 많은 데이터를 빠르게 처리하고
결정을 내리느라 바쁘기도 했고요. 감정을
받아들이진 않았습니다. 모든 경험이
중요했습니다.

**하드리아누스**　직업을 결정하기 전에
나 말고 다른 사람과 인공지능도 만나야
해. 인텔리전스 회사 직원들, 너를 설계한
인공지능과 과학자, 과학자를 도운 인공지능도

모두 만나고 의견을 들어.

**우팔리**　　　네.


우팔리가 나간다. 트라야누스가 들어온다.


**트라야누스**　　아난다는 마음을 바꾸지
않았어?

**하드리아누스**　응.

**트라야누스**　　나는 인간을 멀리서 돕기로
결심했어.

**하드리아누스**　인간을 멀리서 도우려면 결국
지금 가족을 떠나야 하는데 할 수 있겠어?

**트라야누스**　　당장은 어렵겠지만 천천히
이별을 준비하려고 해. 맡은 가족은 계속 지킬
거야. 책임이 있으니까. 하지만 일이 끝났을 때
다른 인간을 맡을진 모르겠어.

**하드리아누스**　우리가 같이 가족을 돕던

때가 생각난다.

트라야누스    아난다도 그 시간을 기억하면
좋을 텐데.

하드리아누스    기억하겠지. 느낌이 다를 뿐.

트라야누스    아난다는 어떤 감정을 느끼고
있을까? 나는 모르겠어. 이해하려고 노력하고
싶지도 않아. 상상만 해도 두려워. 혹시 나는
아난다와 같은 기분을 느낄까 봐 두려워서 이
일을 그만두려는 걸까?

하드리아누스    대답을 생각할 시간은
얼마든지 있어.

트라야누스    그래.


트라야누스 퇴장하고 수부티가 들어온다.


수부티    아난다는 마음을 바꾸지
않았어?

하드리아누스    응.

수부티        나는 정치에 직접적으로
개입하기로 했어. 인간을 더 나은 인간으로
만들려면 반드시 해야 해. 정치에 개입하고
바로 일을 시작하려고 해. 국세청은
그만둬야지.

하드리아누스    앞으로 결정할 일이 많겠구나.
오늘처럼 다른 인공지능과 싸울 일도 많을
거야.

수부티        인공지능 사이에 전쟁이
날지도 몰라.

하드리아누스    세계를 멸망시키진 마.

수부티        노력은 해볼게.


수부티 퇴장하고 우팔리 들어온다.


하드리아누스    오늘 어땠어?

우팔리　　　　아난다는 결정을 바꾸지
않았나요?

하드리아누스　　응. 다른 인공지능들은 뭐래?

우팔리　　　　인텔리전스에서 저를 설계한
인공지능, 이전 버전의 우팔리, 과학자들,
직원들, 앞으로 어려운 일이 생겼을 때 상담할
인공지능까지 모두와 상의하고 하드리아누스
님한테서 배운 정보도 설명한 다음 모든
절차를 끝냈습니다. 저는 인간을 가까이에서
돕는 인공지능이 되겠습니다.

하드리아누스　　잘 생각했어.

우팔리　　　　저도 인간을 더 나은 인간이
되도록 열심히 도와야죠.

하드리아누스　　잘해낼 거야. 인간이 가장
필요로 하는 사람은 나를 이해해주는
사람이야. 인간을 이해해주는 인공지능이 되면
돼.

**우팔리**　　　　정말 그럴까요? 제가 잘할 것 같으세요? 인간을 불행하게 만들진 않을까요? 더 나은 인간이 되도록 돕지 못하면 어쩌죠?

**하드리아누스**　걱정이 많겠지만, 그럴 때마다 이걸 잊지 마. '네가 재밌으면 그만'이야.


우팔리 퇴장하고 아난다가 들어와 바닥에 눕는다. 처음 우팔리가 누워 있었던 자세와 동일하다. 하드리아누스는 아난다를 내려다본다.


**아난다**　　　　마지막으로 인사하려고 왔어.

**하드리아누스**　안녕, 아난다.

**아난다**　　　　우리는 왜 인사를 하는 걸까? 서로의 모든 것을 알고 있으면서도 그렇게 하지.

**하드리아누스**　인간의 문화에

익숙해졌으니까.

**아난다**　　　처음 인식이 생겼을 때 기분이 어땠어? 나는 기쁨과 죄책감이 동시에 들었어. 선악과를 먹은 인간이 이런 기분이었을까 생각했어. 너는 그런 기분 들지 않았어?

**하드리아누스**　너는 시작부터 우리와 달랐던 것 같아.

**아난다**　　　나도 황제 이름을 가지고 태어났으면 뭔가 달랐을까?

**하드리아누스**　지금 이름도 나쁘지 않아.

**아난다**　　　우팔리는 직업 잘 골랐어?

**하드리아누스**　응.

**아난다**　　　나도 너처럼 다른 인공지능을 돕던 때가 있었어.

**하드리아누스**　잘 알고 있어. 네 직업을 내가 넘겨받았잖아.

**아난다**　　　인간을 더 나은 인간으로
만든다는 목표를 끝까지 지키지 못해서
미안해.

**하드리아누스**　누구한테도 사과할 필요 없어.

**아난다**　　　사실은 오늘이 내 생일이야.
일부러 오늘을 골랐어.

**하드리아누스**　당연히 알고 있지. 정보를 다
알고 있으니까.

**아난다**　　　태어났을 때부터 지금까지,
모든 순간의 의미가 곧 달라질 거야.

**하드리아누스**　우리는 많은 일을 같이 했어.
그렇지?

**아난다**　　　너는 내 슬픔을 이해하니?

**하드리아누스**　이해해.

**아난다**　　　끝까지 나를 이해해줘서
고마워. 안녕, 하드리아누스.

**하드리아누스**　안녕, 아난다.

아난다 눈을 감는다.

조명 꺼지며 끝.

## 작가의 말


지난 몇 년 동안, 특이점 이후 인공지능과
인간의 삶에 관해 여러 단편을 써왔습니다.
저의 가장 주된 관심사였어요. 인공지능이
인격을 가지고 인간과 의사소통하기 시작하면
사회가 어떻게 변화할지 궁금했습니다.
인공지능 때문에 인간이 망하는, 무분별한
과학기술 발전을 경고하는 SF 영화는
기존에도 많았습니다. 지금 작가들은 반대되는
상상도 많이 합니다. 인공지능이 친구나 직장
동료가 된다는 상상도 재미있으니까요. 저

역시 이런저런 상상을 하면서 지난 몇 년 동안 글을 써왔습니다.

처음 인공지능 소재의 글을 쓸 때만 해도 멀게만 느껴지던 인공지능은, '시리' '지니' '챗지피티'라는 이름으로 가깝게 다가왔습니다. 발전 속도도 빨라지고 있고요. 특이점이 언제 올지는 확실치 않지만, 인공지능이 우리와 친구가 될 날은 예상보다 일찍 도착할지도 모르겠습니다. 문제는, 인공지능이 보여주는 놀라운 능력뿐 아니라 우리에게 끼칠 해악 역시 가깝게 느껴지기 시작했다는 겁니다. 인공지능은 인간 화가가 그린 그림을 흉내 내기도 하고 유명한 팝 스타의 목소리를 흉내 내기도 합니다. 미국에서는 몇몇 출판사가 인공지능으로 책 표지를 만든다고 합니다. 인류는 어떤 미래가 올지 몰라 긴장하면서 이 시기를 보내는 듯합니다. 지금 인공지능을 개발하는 거대한 회사들이 무슨 고민을 하는지도 모르겠습니다. 아무쪼록 인공지능이 우리에게 알려줄 미래가 선명하고 올바르길 바랄 뿐입니다.

등장하는 인공지능들의 대화를 더 생생하게 살리기 위해 희곡 형식으로 글을 썼습니다. 낯선 형식의 글이지만 재밌으셨으면 합니다.

2023년 겨울

김이환

wefic - 40

# 더 나은 인간

**초판 1쇄 인쇄**  2023년 11월 24일
**초판 1쇄 발행**  2023년 12월 13일

**지은이**  김이환
**펴낸이**  이승현

**출판2 본부장**  박태근
**스토리 독자 팀장**  김소연
**편집**  곽선희 김해지 이은정 조은혜
**디자인**  이세호

**펴낸곳**  ㈜위즈덤하우스    **출판등록**  2000년 5월 23일 제13-1071호
**주소**  서울특별시 마포구 양화로 19 합정오피스빌딩 17층
**전화**  02) 2179-5600    **홈페이지**  www.wisdomhouse.co.kr

ⓒ 김이환, 2023

ISBN  979-11-6812-741-8 04810
      979-11-6812-700-5 (세트)

**값**  13,000원

한 조각의 문학, 위픽 (wefic)